YO, INFIEL

Ana Longoria

Para realizar pedidos de este libro, contacte con:
Palibrio LLC
1663 Liberty Drive
Suite 200
Bloomington, IN 47403
Gratis desde EE. UU. al 877.407.5847
Gratis desde México al 01.800.288.2243
Gratis desde España al 900.866.949
Desde otro país al +1.812.671.9757
Fax: 01.812.355.1576
ventas@palibrio.com
618242

A la mujer, por el simple hecho de serlo y todo lo que trae como consecuencia.

Las amo Liliana y Milagros.
Te debo lo que soy Edio.

"Dile que sí, aunque te estés muriendo de miedo, aunque después te arrepientas, porque de todos modos te vas a arrepentir toda la vida si le contestas que no."

Gabriel García Márquez

Soy de donde la tierra seca ve al sol sin miedo y
con firmeza.

Soy de donde la lámpara de gas ilumina las letras.

Soy de donde los pies descalzos juegan sobre el
lodo y el sudor baña el diario caminar.

Soy del humo penetrado en harapos,
del ruido callejero y la ventana sin cerrar.

Vengo de donde el grito ensordece,
el golpe sumisa
y la esperanza es fallida;
de un eterno luchar.

Nací donde el golpe borra una caricia
y perdura el soñar.

Soy de la nada y del todo,
de la penumbra, la letra,
la lágrima y el esperar.

Capítulo 1

Y las piernas me temblaban

Hay amores diferentes, todos y cada uno de ellos dejan huella en nuestra vida.

Las piernas me temblaban, subía las escaleras lentamente y en cada escalón mi mente recorría esos años que tanto le pertenecían a él y donde una no sabe todavía reconocer toda esa sarta de sentimientos enredados.

El corazón agitado y las manos temblorosas no eran mas que producto de una inmensa emoción de volver a ver esa sonrisa que hacía veinticuatro años iluminaba mi mundo todavía infantil.

Mientras ascendía al último piso, decidí pausar para buscar y rebuscar razones que disiparan mis dudas.

Sentí mi mente dar mil vueltas y apreté el viejo y repintado barandal del barato hotel de paso.

Me detuve por un momento. Mi destino y felicidad no estaban tan lejos. Iba al último piso, habitación #204.

En la espalda resguardaba una sensación jamás sentida de una mirada fija con reclamo de culpabilidad. Pero no podía regresar, no me podía ir, no así después de tantos años, por lo menos verle una vez por vez primera de cerca.

Y entre tanta duda recordé al que tan leído y aprendido tenía en mis adoradas soledades de Márquez:

"Dile que sí, aunque te estés muriendo de miedo, aunque después te arrepientas . . ."

Y lo completé en mi mente sabiendo lo que tenía que hacer. Además sólo Dios y yo sabíamos cuánto tiempo mas tenía aquí con los demás, con los que me querían y no les había dicho nada para no hacerlos llorar, si es que llorarían.

Avancé un poco, esta vez mas lento, inicié una rutina de respiración, de las que continuamente usaba todas las madrugadas para salir a correr, pero mas profunda para acalmar mis nervios un poco y poderme bien bien, presentable, bella y deseable para él (Como nunca lo había sido en toda mi existencia).

Al llegar al segundo piso busco los números en las puertas. Me detengo un segundo para volver a convencerme en voz baja como hablando con i conciencia. Esta conciencia terca que no me deja pero que he decidido acallar, por lo menos hoy; y las piernas me temblaban.

Me armo de valor y doy un profundo respiro lleno de miedo de llegar a la puerta del hotel.

Estoy sentada en la jardinera de la escuela y allá está él, mis ojos, el niño con el que todas sueñan.

Observo sus sonrisas y jugarretas con sus compañeros de clase. He estudiado delicadamente sus movimientos y gestos por años. Lo conozco de memoria. Sé predecir sus acciones y palabras. Desde muy temprano me enamoré de él. Y cada vez que lo veía las piernas me temblaban.

Lo veía sin miedo alguno, sabía que de todos modos jamás voltearía

a verme, no existía para él, bueno,
las niñas como yo no existían para
él o cualquiera de sus amigos. Yo
era callada, flaca, morena, pobre,
ojeruda y orejona. No, era posible
que me viera siquiera. Había decidido
inteligentemente callar para tratar de
evitar una burla hacia él, o lo mas
seguro, otra mas hacia mí.

Como toda niña de primaria
enamorada, me dediqué a verlo, mas
que eso a observarlo, a contemplarlo y
a escribir su nombre en papeles de raya
escolares que rompía inmediatamente
en el acto antes de que algún niño o
niña lo vieran.

Para mi buena (o mala) fortuna, mi única amiga se había enamorado de él y en lugar de fastidiarme las largas horas que la preciosa y rica niña sangrona se pasa repitiendo su nombre y contando fantasías indecorosas dadas a su desarrollada fisionomía (muy contraria a la mía) se había enamorado de él. Sin saber ella, yo disfrutaba cada palabra porque cada una de ellas me dejaba saber mas de él.

Por las noches me solía preguntar cómo era que ella le gustaba también a él, ella tan avanzada, tan pervertida, y yo que me sentaba a tan solo dos pupitres, ni siquiera se percataba de mi existencia. Trataba de no contestarme a mí misma, aunque sabía la verdad, aparte de bonita y bien formada, ella popular y extrovertida, justo como él, mis ojos de niña.

Y las piernas me temblaban. No quise premeditar nada ni pensar siquiera nada antes de llegar al lugar, ni siquiera al subir las escaleras. Pensé dos o tres veces de qué manera tocar y al final nada mas arremetí dos golpes secos en la vieja lámina, asumiendo que estaría cerca, esperándome.

No me equivoqué. Una de las floreadas cortinas que cubrían los ventanales se abrió suavemente dejando entrever por una minúscula rendija su mano mientras la otra abría la vieja portezuela.

Capítulo 2

Y me esperaba

Un súbito escalofrío recorrió mi cuerpo al ver su cara despúes de tantos años.

Era inconcebible el simple hecho de saber que él estaba ahí, esperándome a mí, y solamente a mí.

Una suave sonrisa, y antes de pronunciar palabra alguna, un fuerte abrazo que termina con una tierna mirada y una añejada caricia deseada sobre mi mejilla.

-"No te imaginas cuánto desee verte, tenerte entre mis brazos, chiquita.."

Al acercar su cara a la mía, sabía exactamente sus intenciones: empezar con un beso a lo que se va un barato hotel de paso.

Accedí a ese beso que por tanto tiempo soñé, pero la culpabilidad no me permitía todavía disfrutarlo completamente, ese beso que la vida me regalaba en su momento desde hace tantos años.

Retrocedí un paso y sonreí con dificultad de mantener mi mirada en la suya agachando la cabeza.

Estaba igual que antes, no había

cambiado nada. Yo, en cambio, no quedaba sombra alguna de lo que un día fui . . . y me alegro. Solo los recuerdos abruptos que en mi soledad siguen retintineando en mi mente sin poder desaparecer. Es como si al irse tuvieran miedo de que perdiera yo mi esencia.

Los golpes de hoy han sido mas fuertes que los de antes. Esta vez ella me dejó las piernas marcadas. En mi pequeña e inocentemente mientras lloro el dolor pienso que es normal, que todas las madres son así con sus hijos, que debía ser parte de la educación, pero que mis amigas no hablarían de eso para no fastidiar a nadie, y que al igual que a mi, los golpes serían en lugares de nuestro cuerpo en donde nadie los vería, donde nadie juzgaría y en donde nadie nos metiera mas en problemas.

Papá no está en casa como de costumbre y los nervios de mamá empeoran cada vez mas. El es trailero y se encuentra en uno de sus tantos viajes.

Paso mi recreo completo como un bulto volteando a mirar a mis amigas hablar de ropa, zapatos, lugares, vacaciones, hoteles y niños. Todo ajeno a mi existencia.

Mi uniforme es largo, nadie se dará cuenta de mis marcas, mucho menos de las que lleva mi alma, aunque mis ojeras, marcas, manchas y delgadez me delataban.

El hoyo en mis calcetas lo he cubierto con un sencillo doblez. Cuánto quisiera ser ellas. Sus calcetas son entretejidas, de buena calidad a mi punto adulto de vista, las mías eran lisas de algodón, las más baratas en la única tienda de almacén en el pueblo. Pero eso sí, las mas frescas y cómodas.

Paso las largas tardes de lámpara fregando (no limpiando) pisos y platos tendiendo camas, haciendo teteras para mi hermana y lavando sus pañales de trapo para colgarlos en el tendedero. Terminaba mis largas tardes completando mis tareas como todos los niños de la colonia, añadiendo la lavada y tendida de pañales de trapo de mi hermana en el tendedero.

Por la ventana pequeña de la cocina, puedo ver a mis amigos jugando y corriendo descalzos bajo el sol, con la cara neja de tierra y el cabello alborotado por el sol y corto viento.

¡Cómo me gustaría ser también uno de ellos! Pero mis días empiezan al llegar la escuela. Y aún así, él le ha dado un significado nuevo a mis días, a mi existencia.

No sé cómo actuar o qué hacer al entrar a la recámara. Dejo mi bolsillo en el inmundo mueble de madera que está a la entrada de la recámara y me siento en el inóspito colchón que mas tarde sería testigo de todo ese amor que reprimí por años. El se aleja con sus distintivos pasos fijos y erguida figura de macho. Sirve dos tragos de vino y me ofrece uno, como si me conociera y estuviera seguro de que solamente de esa forma yo accedería a sus deseos de una forma mas fácil.

Capítulo 3

Entrega

Han pasado una hora y minutos y me doy cuenta que ha sido una delicia el charlar recordando viejos amigos, y a otros no tanto.

He vuelto a recordar momentos que creí olvidados incluyendo diminutos detalles que fueron parte de mi niñez. Por alguna razón, mi selectiva memoria las había encerrado en una de sus recónditas partes a las cuales decidí no tener acceso absoluto por simple gusto a la felicidad y el buen vivir.

Él seguía sentado frente a mi en una silla del cuarto, bebiendo su trago cómodamente, observando cada uno de mis gestos al hablar. Parecía que hacía uso de su paciencia como instrumento propio de seducción brindándome tiempo a mí y al licor de que hiciera su efecto y yo sonreía entre palabras, no lo podía evitar, era encantador él todo completo. Mi ser era presa de un dulce miedo e inseguridad combinados con un inmenso deseo de sumergirme en sus brazos para deleitar su aroma de cerca.

Tres pasos mas me hicieron sentir viva y amada de nuevo, atractiva, como hace mucho nadie me hacía sentir. Si antes había dudado de mis valores de mujer y ser humano, ya no importaba. Sin duda, sus brazos, su voz varonil y su elegante porte fueron la llave a esa parte oscura de mi ser que había tenido reprimida dentro de mi alma que me permitía degustar de lo prohibido sin remordimiento ni culpabilidad. Ya ni siquiera me permitía pensar si lejos, en mi realidad, alguien me esperaba. Todo había perdido sentido. Mi ser se entregaba completo traicionando mi voluntad, dejando ir mi único corazón por delante, yo no quería sentir mas de lo necesario. Pero él había sido toda clase de amor existente para mi. Había sido mi primer amor, mi amor de niña, inocente, imposible, de esos que le dejan marcada la vida y el alma a uno. Sus manos empezaron a deshacerse de mi ropa lentamente, como si me hubiera tomado cariño todas esas veces que pasábamos hablando ilícitamente por teléfono cuando nos encontrábamos solos respectivamente, recobrándole al tiempo la oportunidad que nos había negado hace décadas.

Me besó el cuello, la boca y el cuerpo entero con la intensidad que solo lo hace alguien que ha querido tanto tiempo en silencio como yo lo había querido a él. Sin embargo, trataba de no engañarme a mí misma, sabía que sus sentimientos no eran semejantes a los míos, él era mi amor de siempre, mis ojos de niña, yo solamente era una conocida, una mujer desnuda frente a él, una oportunidad mas. La sola idea me atormentaba por momentos, pero al igual que a él, tenía que tomar lo que la vida me ofrecía, y además, por una parte tenía que empezar. Y las piernas me temblaban.

No pasó ningún momento desapercibido. Cada uno de ellos fue soñado, temido y disfrutado. Inevitablemente, empezó a aparecer un vago remordimiento prometido. Me volví ajena y desconocida, dejé de ser esa mujer fuerte, decidida, impuesta a tener el control sobre todo. Me convertí en un manso cordero sometido a la ilusión de la existencia del amor.

Era la persona que nadie había conocido. Me olvidé del orgullo, de la pena, del valor, la burla antigua y el presente mismo. Lo volví a ver de momento con esos ojos que inocentemente lo observaban a escondidas hace tiempo, lo volví a ver con mi corazón de niña.

Capítulo 4

Me doy a conocer

La cama del cuarto de hotel era incómoda, pero por alguna razón me sentía mas que cómoda recostada a su lado, sobre su brazo, pero sabía que eso no era mas que un sueño que tenía que terminar y que tarde o temprano tendría que levantarme para irme y seguir con mi realidad. Busqué mi ropa para poder hacerlo, pero no se encontraba cerca de la cama, así que decidí reincorporarme en un acto totalmente desnuda de una buena vez. ¿Qué mas daba? Ya había sido lo demasiadamente valiente para llegar a ese cuarto y haber hecho lo ocurrido, como para no tener las agallas de dejarlo verme, desnuda. Titubeo sobre la idea, pero quiero que me conozca tal y como soy, imperfecta.

Me dejo al descubierto para darme una ducha mientras en mí retumba la idea de lo que pasa por su cabeza al verme así, sin tapujos. Abro la regadera y pienso si debería darme tiempo para mí misma y pasar el por debido ritual de embellecimiento para el momento actual de enajenación en el cual me encontraba, pero opto por invitarlo a ser parte de mí invitándolo a entrar a la regadera a tallarme la espalda incitándolo a conocer a la verdadera yo, tal y como soy. Me reúso a ser solo una noche, un reencuentro, un nombre mas en su vida.

Pienso en nosotros, en ella y en él. En los que pagan sin tener parte en el delito. ¿Cómo parar la sangre que arde? ¿Cómo acabar con tanta culpabilidad de golpe? ¿Se daña mas pecando sin hacer sufrir o rompiendo de golpe un corazón? ¿Será que pregunto por que sé negada la respuesta?

Una sabe cuando la quieren de verdad y también cuando es tan solo por algunas horas. Por primera vez en la vida me siento confundida.

Me acompaña en la tina, me talla, jugamos y de nuevo nos emergemos en un sensual acto ¿De amor? Tal parece.

Terminamos con una divertida plática de viejos amores.

No sé si esto durará, no sé lo que me espera o lo que quiero mas, yo que siempre he estado tan segura de quién soy y lo que quiero. En cambio a él lo veo tan seguro de sí mismo y de lo venidero, de lo que quiere y lo que pasará.

Capítulo 5

Primer despedida

Tanto me han dejado la vida y los años.

Despedí de tajo con un abrazo mi niñez, mis traumas conquistados, mis sueños logrados y venganzas inútiles. Hace mucho que no abrazaba así, fue un abrazo de esos aferrados y tercos mientras en mi mente se dibujaba y construía el prometido reclamo de tu presencia y la certeza de cuánto te extrañaría.

Un profundo suspiro seguido me anunciaba sigilosamente días amargos predichos con anterioridad como pago al destino de que lo que le había robado al perderme a su lado.

Y no lo quería soltar.

Asenté las oscuras oscuras y predecibles gafas oscuras sobre mi rostro y esta vez, desciendo las viejas escaleras repintadas del hotelucho sin conteos ni temblores, que recientemente le habían añadido un giro inesperado a mi aburrida vida y

resignada existencia, la cual se encontraba comprometida y corta.

Nunca me había sentido tan culpable pero completa.

Me introduje en mi lujoso automóvil
negro y en lugar de salir huyendo,
esperé, como queriendo verte de nuevo.
La maldita intuición afilada de alguna
manera por los años me aseguraba
que no lo volvería a ver y que toda
esa magia que nos había (o me había)
envuelto como embriagantes sábanas de
seda desparecería, como debería de ser.

Te ví dar la vuelta en la segunda
planta del hotel para descender los
escalones que ensordecidamente había
bajado yo.

Cuando pensé que te retirarías
del lugar sin mas ni mas, encajando

tu mirada en la mía acercándote a mi ventanilla para despedirte ahora tú de mí con un tierno beso acariciando mis mejillas.

No me dejabas de sorprender con tus actos de ternura y ¿Amor? . . .

Lo que entonces creí que sería una aventura de un día se convertiría en algo mas que definitivamente no había buscado, ni mucho menos planeado vivir.

Capítulo 6

Tú, mis ojos de niña

Veo todas esas niñas con sus preciosos cabellos perfectamente rizados y a modo de reclamo pienso en por qué yo no fui tan agraciada como ellas. Ahora ya no solo te veía de lejos, trataba de que me vieras buscándote los ojos sin éxito posible. Trataba de acercarme a ti rodeando los lugares que visitabas en la secundaria.

Algo en mí era diferente, ya no me llamaba la atención correr descalza por las calles enterradas o pelear con los niños a gritos y golpes. Empezaba a preocuparme en mi cabello, mi uniforme, mi figura femenina. En cómo se me veía el uniforme y en todas esas cosas que con los años se aprende que no son importantes en la vida pero que trauma a quien carece de ellas (y los demás se lo hacen saber día con día de la manera mas cruel posible).

Mi corazón de niña que tanto lo había querido inocentemente empezaba a dar súbitos revuelcos al verlo, originando una sarta de sentimientos atípicos que me empezaban a recorrer de pies a cabeza simplemente con verle o saberle cerca.

Mi adolescencia, conjunta a mi amor por él, se hacías cada vez mas notorios, claro, no para él.

Cada mañana doblaba las largas y tediosas calcetas escolares blancas del diario para tapar los agujeros causados por el uso. Recogía mi cabello en una insignificante porque simplemente no había manera posible de aplacar mis grifos cabellos medio rizados y medio lacios. Trataba de buscar inútilmente de verme bien (jamás bonita) por si algún día sería finalmente ese día tan esperado en el que te percataras de mi existencia (O si ya lo habías hecho, que fuera con otra intención diferente).

Quién iba a decir que después de tantos años lo lograría, este destino que se ensaña con nosotros como si fuéramos manejables marionetas creando enredadas jugadas en un tablero de ajedrez.

Nuestro reencuentro se ha llevado acabo en el mas inoportuno de los tiempos.

Me enajenaba que me vieras con ojos de deseo por primera vez.

Quería que vieras lo diferente que era a esa niña que conociste o que llegaste a ver algún día. Ahora era una mujer diferente, realizada, con una profesión fructífera, física y totalmente ajena. Era extrovertida y segura, dueña de mi vida, decidida y controladora, aunque calladamente llena de complejos producto de una falsa sociedad. Era la creación de años de pobreza, de abuso escolar, de violencia intrafamiliar.

Nunca perdí mi escencia, pero mi ser ya estaba fracturado, roto y remendado. Ya habían trozos en mí que no me pertenecían, acciones propias que desconocía. Y ahora te gustaba así.

Accedí a tu tierno beso de despedida y me apresté a abandonar el lugar, finalmente.

Al regresar a mi realidad, abro la

puerta de mi departamento y sentado en un lujoso sofá importado, se encontraba sentado en la oscuridad mi prometido, mi "FUTURO" esposo.

Capítulo 7

La realidad

Es cierto que decidí comprometerme meses antes con quien mas que representar el amor, aseguraría mi felicidad presente, que dependía tanto de objetos materiales que satisfacían mis anteriores necesidades (sin mencionar mis necesidades de salud física, la cual cada vez se encontraba peor).

Dante siempre fue de sentimientos buenos y sinceros, pero frío como un témpano. Así era él por naturaleza, pero me quería sinceramente, qué mas daba. "Ya habían trozos de mí que no me pertenecían, acciones propias que desconocía . . ."

A mi regreso fabriqué una historia y
sin mayor explicación fuimos a nuestros
aposentos como de costumbre desde
hace meses. No pude pegar los ojos
por horas pensando en tantas cosas y
acontecimientos a la vez. Me pregunté
miles de veces el por qué hasta ahora, y
a nosotros, a mí.

A la mañana siguiente la rutina
diaria se encargó de todo, de mi vida,
menos de mi conciencia o mi corazón.

No dejaba de pensar en esa tarde,
junto con su noche, sus horas, minutos
y segundos. No dejaban sus palabras
de dar vuelta en mi mente, en que debí

de haber sido fuerte, "responsable" y
fiel. No pude decir que no, ni siquiera
lo intenté, ni lo planeé. Me apaciguaba
la idea de la frialdad que tanto temía
y detestaba a la vez de Dante. Sin
embargo, eso estaba de sobra, no había
razón alguna que justificara mis hechos,
lo engañe, fui . . . fui infiel, yo . . . infiel.

Esa de niña de familia de renombre,
de moral y valores, infiel.

Por la tarde, apunto de dejar mi
oficina de redacción de una de las
mas prestigiadas revistas de moda,
recibí una llamada, era él, quien me
había hecho olvidarme de todo pudor

existente. No miento, lo esperé todo el día y cada vez que el teléfono timbraba, deseaba con toda el alma escuchar su voz. Justo cuando pensé, como siempre, que no lo haría, que ya no le incitaba curiosidad o gusto alguno, timbró el teléfono, ahí estaba, era él, con su dulce voz para preguntar . . . ¿Sobre mi día?. Nunca nadie lo había hecho en treinta y tantos años de mi existencia y a él le importaba.

¿Qué hacía llamándome? Una parte de mí quería que esto fuera cosa de una vez y ya, pero la otra gritaba en silencio que lo extrañaba, que quería continuar conociéndolo y seguir sintiendo y

escuchando sus caricias y palabras
dulces de amor, fueran ciertas o no.

Hablamos como de costumbre, seguí
contestando sus llamadas a escondidas.

A pesar de mi compromiso, nuestras
pláticas por teléfono continuaron. ¿Y
cómo no hacerlo? Si en mucho tiempo
él era la única persona que quería
saber de mi, de mi persona. A veces los
seres humanos, por condición natural,
tendemos a ser egoístas en un punto
de nuestras vidas sin proponérnoslo. Y
sin proponérnoslo nos hemos puesto de
acuerdo para vernos nuevamente.

Y yo misma me asustaba de mi vasta frialdad para premeditar otro necesario encuentro a sabiendas del dolor que podíamos causar los dos, sobre todo él, que ya contaba con toda una familia hecha y derecha.

En la planeación de lo que nunca creí posible, no esperaba nada, no quería ser lastimada. Aunque ya era demasiado tarde, no quería involucrar mis sentimientos. A lo que yo le llamaba "Un simple cuarto de hotel" al 204, él le empezó a llamar "Nuestro rinconcito". Tenía que ceder, y sucedió.

Capítulo 8

El segundo encuentro, y los demás

Salí esta vez ya tarde para volver
a verlo en el mismo lugar, volví
a recorrer todas esas prohibidas
sensaciones que experimenté en nuestro
primer encuentro . . . y las piernas me
temblaban igual.

Ahora ya no actué como novata.
Sabía perfectamente lo que quería y a lo
que iba.

Tan pronto abrió la puerta, pegué
un brinco sobre él. Dante me recibió
con otro fuerte abrazo tomándome
por la cintura para continuar con un
prolongado beso. Ya no hubieron
jugarretas ni enamoramientos que

solo hacían tardíos los actos de enajenamiento del corazón y la mente.

Nos extrañábamos y nos dejábamos llevar; nos quisimos.

No nos queríamos separar. Y entonces sentí que las piernas le temblaban también a él.

Trató inútilmente de convencerme de pasar la noche a su lado, pero tuve que ser la bruja del cuento y romper la magia del momento mas de un par de palabras:

"Por mas que lo deseemos, ya sabes nuestra situación".

Decido irme, me visto y organizo mis pertenencias para partir. Al hacerlo, me tomó de la mano para de nuevo sentarme de un suave jalón en la cama. Quería hablar con migo de algo importante.

Mi corazón dió un vuelco esperado lo que seguramente no querría escuchar, fuera lo que fuera, lo supe por tan solo contemplar su semblante.

Su interés inesperado sobre mí, su dulzura, su presencia constante, todo era demasiado bello para perdurar. Para empezar, nuestra relación era ilícita.

Lo veo articular palabras y girar

algunos ademanes, observo sus gestos
faciales como tratando de estudiar
la veracidad de sus facciones, pero
me olvidé de escuchar. Tuve que
preguntarle si me podría por favor
repetir el contenido de tan importante
plática con pena y accedió.

Tal charla no se debía mas que a
informarme de su mudanza a otra ciudad
algo lejana con su familia inmediata,
por supuesto, y yo como "la otra" que
era y en la que me había convertido,
tendría que avenirme a su tiempo
y sus condiciones, si es que quería
seguir viéndolo y continuar con lo ya
empezado.

Capítulo 9

Me iba

Me desesperaba la situación, nunca había sido un "segundo término" para nadie en mi vida, pero a él le importaba mantener a su familia unida y a mí, a mí mantener la seguridad con la que contaba.

Mi familia a diferencia de la de él, nunca había sido pudiente, siempre había sido humilde y desde hace meses que vivía amargamente con un secreto diagnóstico que solo mi prometido conocía y que debido a él había apresurado nuestros planes de boda.

Me iba, me iba yo, de aquí, de todo.

Yo le estaba inmensamente agradecida por haber tomado la decisión de quedarse con migo, en aquel momento en que me notificaron el estado crítico de salud en el que me encontraba.

Tanto le había temido a esa maldita enfermedad. Operaciones varias, hospitales muchos, infinidad de médicos. El diagnóstico: el mismo, cáncer en el ceno.

Desde muy joven había peleado con esa enfermedad y sabía muy dentro que algún día me acabaría por vencer. Sabía que cuando me fuera, lo haría por esa misma razón.

Y así fue.

Mi familia pensaba que el mal se había exterminado en una de tantas operaciones, pero no fue así.

Tenía mis añitos, pero a veces cuando la mente se me iba pensando en tantas cosas sentía que era tan joven como para dejar todas las delicias de la vida.

El bueno de Dante, mi prominente prometido, se casaría con migo por todos esos años que había pasado enamorado de mí, tal como yo de mis ojos de niña.

Mientras él planeaba nuestra luna

de miel, yo estipulaba los términos de mi despedida, alguien lo tenía que hacer después de todo y qué mejor que a mi manera.

Era mi deseo que nadie me viera ya ocurrido el deceso. Quería una cremación sin lágrimas (Imposible, lo sé) , ni misas (Que Dios me perdone), ni despedida alguna. Total, uno ya ni ve cuando se va y llorar para qué si se supone que donde se sufre es aquí en el mundo, y vaya que se sufre.

Le había dicho a Dante que sí porque sabía que me amaba y después de todo se siente bonito que lo amen a uno (A su

manera, claro, pero me amaba). Además
sería la única oportunidad que tendría
de poder casarme, vestida de blanco
(Aunque no lo mereciera), pero no quería
irme de este mundo sin haberlo vivido.

El dolor y el ardor penetraban mi
alma cada vez mas, pero era fuerte, por
lo menos por un tiempo mas.

Capítulo 10

El último de mis suspiros

Esa noche, después de aceptar sus términos, dejamos el hotel de paso, nuestro 204, nuestro "rinconcito"

Igualmente nos seguimos hablando y viendo. Siempre con los mismos nervios y la misma emoción y temblor en las piernas.

Nos quisimos bien, indebidamente, pero bien.

Fue algo sincero. Cada encuentro nos entregamos no solo el cuerpo, si no el alma.

Cada día llegaba su llamada

prometida, me decía cuánto se preocupaba por mí cuando le inventaba una que otra molestia para omitir la verdad de mis males y me regañaba y luego le hacía cariños a mis labios y a mi imperfecto cuerpo. Me quería, o así lo quería pensar yo, ya no tenía tiempo para pasármela en dramas.

Yo seguí durmiendo del lado derecho de mi cama, como de costumbre.

Nuestros encuentros se convirtieron en una relación "estable". Manteníamos una doble vida, de dicha entre cariños y comprensión mutua.

El día tan esperado de mi vida llegó y mi preparación fue de ensueño, como toda novia en cuento de hadas. La única diferencia entre ellas y yo, era que en mientras yo vestía un pomposo y fino vestido blanco, por dentro llevaba crinolinas de luto y una sutil sonrisa ensayada bien postrada.

Cuando de niña había pisado a diario el lodo y la tierra seca, ahora calzaba unas delicadas zapatillas. De mi cuello pendían preciosos diamantes, que maldita sea, disfrutaría por tan poco tiempo. Debo confesar, que algunas veces pretendía ensayar para ese día con el único fin de sentirlas sobre mi cuerpo una vez mas.

La ceremonia fue algo peculiar y un tanto perfecta. En otra situación, hubiera sido como lo hubiera deseado que fuera, pero me quedaba tan poco tiempo que quería disfrutar haciendo cosas fuera de lo común según mi persona.

Todas las decoraciones consistían de rosas blancas, mis favoritas. Importantes figuras de la sociedad se hicieron presentes.

Toda una sensación.

Esa noche de fiesta pasó todo lo que tenía que pasar en un evento de alcurnia y renombre.

Tal parecía que el destino era justo con migo. Me había dado y quitado todo justo a tiempo en la vida. Simplemente no lo entendía.

Al regreso de la luna de miel, tuve días difíciles de dolor. El cuerpo ya no respondía igual a mi incansable ánimo. Decidí quedarme algunos días en cama pensando que tal vez me repondría como a veces sucedía, pero me equivoqué.

Mientras mi actual esposo
pasaba extensas horas de trabajo, yo
descansaba y algunas veces hablaba
de nuevo por teléfono con "Mis ojos
de niña" y sin saberlo hasta llegaba a
inyectarme algo de ánimo.

Pero simplemente este cuerpo ya no
me respondía. Lloraba de impotencia.
Quería tener el ánimo y la fuerza de
tomar el maquillaje y subirme sobre
mis tacones que tanto amaba para
finalmente salir corriendo para terminar
con toda la farsa en la que vivía por
conveniencia propia y hacer las cosas
como debí desde un principio, hacer las
cosas bien aunque fuera de mi parte,

pero a quién engañaba, me iba.

No me despedí. Repentinamente
solo decidí dejar de contestar llamadas
y mensajes por múltiples medios.
Probablemente él nunca sabría el
por qué de mis acciones, pensaría
que era una caprichosa o inmadura.
Simplemente no había sabido cómo
despedirme de él. No quería hacerlo.

¿Cómo decirle que me carcomía por
dentro, que me iba?

Tal vez mas tarde sabría la verdad
o parte de ella por algún extrañano o
conocido.

Y pensaba en él. Y loraba cada vez
que sonaba el teléfono porque sabía qué
se encontraba a un botón de distancia de
mí.

Hasta que fui testigo de mi
sufrimiento y terminé por sumergirlo en
una de las tantas copas que usaba para
aplacar mis llantos y gemidos.

No quería saber mas de él.

Sin proponérmelo, me despedía
sin querer de él cada noche con el
pensamiento.

Hasta que el último suspiro se

fue con el viento, como buscándolo para entregarle su nombre, ese que mi corazón se había robado hace mas de veinticuatro años. Y se lo entregó con una lágrima y lo mas bajo posible como de costumbre, para que nadie mas lo escuchara.

Yo me llevaba solo su recuerdo, a "mis ojos de niña" al mas allá si es que existía uno. Se quemaría con migo al desaparecer yo de este mundo, quizá así de esa forma se limpiaran nuestros seres de pecado.

Él se quedaba aquí, sin saber nunca que cada vez que lo abrazaba y lo besaba, pensaba que tal vez sería el último y siempre rezaba también porque Dios me concediera fuerzas de verlo una vez mas.

Y nunca me arrepentí de haberle dicho que sí.

Que haya escuchado mi susurro envuelto de amor y de llanto, que comencé a vivir el día que lo conocí por vez primera y . . . . las piernas me temblaban.

Printed in the United States
By Bookmasters